믿음으로 순간을
버티신 당신을 떠올리며

2023년 봄

물 밑에 계시리라

wefic

물 밑에 계시리라

배예람

위즈덤하우스

수진은 쏟아지는 햇살 아래에서 죽음을 들었다. *네 이모 자살했다. 귀국하면 한번 가보렴.*

푸릇한 잔디 위에 누워 내리쬐는 햇빛을 만끽하기에 더없이 좋은 날이었다. 잔잔히 물결치는 호수 속에 즐거운 목소리들이 섞여든다. 베르사유궁전의 호수는 거대하고 광활했다. 잘 정돈된 나무들이 줄지어 숲을 이뤘고, 그 앞으로 잔디가 깔려 있었으며, 수많은 사람들이 삼삼오오 무리 지어 앉아 대화를 나눴다. 수진은 그들의 목소리를 자장가 삼아 잠들려고 애쓰며 몇 번이고 눈을 깜빡이다가, 결국 몸을 일으켜 앉았다. 이모가 죽었다. 따사로운 햇살도, 잔물결이 반짝이는 호수도, 생기 넘치는 잔디도 잠시 눈앞에서 사라진다. 곧 수진의 머릿속을 채우는 건 죽음이다. 습한 냄새를 풍기는 죽음.

네 이모 자살했다. 귀국하면 한번 가보렴.

엄마는 이모에 관한 일이라면 여전히 차갑고 냉정하게 굴었다. 동생이 죽은 사람 문자라고는 믿어지지 않을 정도의 무심함이 휴대폰 화면 너머에서 전해졌다. 엄마는 자신이 동생과 함께 보냈던 10년의 세월보다, 수진이 이모와 함께 보낸 3년이 더 중요하다고 생각하는 모양이었다. 틀린 판단은 아니었다. 고향 마을을 지긋지긋하게 여겼던 엄마가 성인이 되자마자 마을을 떠났던 것과 다르게, 수진은 '서어리'에서 이모와 함께 보낸 3년이 이상하게 애틋했다.

안개가 자욱한 서어리, 퀴퀴한 향을 풍기는 거대한 호수가 마을 중앙에서 사람들을 맞이하는 서어리.

그에 비하면 지금 수진의 눈앞에 펼쳐진 풍경은 이루 말할 수 없이 환상적이다. 선명한 하늘과 그 아래로 펼쳐진 인공 호수, 축축함이라고는 찾아볼 수 없는 상쾌함과 선선한 기운이 수진의 온몸을 감쌌다. 그럼에도 수진은 저도 모르게 제 옷을 들추고 코를 박아 냄새를 맡아야 했다. 이모가 죽었다. 그 한마디가 가져온, 꿉꿉하고 질척한 향이 어느새 자신을 휘감고 있는 것 같아서, 물에 젖어 눅진한 죽음이 불러일으키는 서어리의 향이 죽을 때까지 자신을 따라다니는 것만 같아서.

수진아, 이모는 죽으면 호수 아래에, 물 밑에 잠기고 싶어.

습관처럼 그런 말을 중얼대던 이모는

서어리에서 손목을 그었다. 수진은 다시
잔디 위로 몸을 눕히고 팔을 들어 쏟아지는
햇살을 가렸다. 딱히 눈물이 나진 않을
거라 생각했는데, 결국 모두가 와자지껄한
호숫가에서 소리 죽여 울고 말았다.

　　한 달간의 유럽 여행은 그렇게 이모의
죽음과 함께 끝났다. 사실상 도피 여행이나
마찬가지였던 휴가였으므로 끝이 순탄치
않으리라는 건 예상했지만, 이모의 죽음
때문일 거라고는 상상도 하지 못했다.
수진은 덜컹이는 버스 안에서 창밖을 멍하니
응시했다. 이모한테 전화라도 한 번 더 할 걸
그랬지. 뒤늦게 되뇌어봤자 소용없는
말임에도, 수진은 익숙한 후회에 몸을 맡겼다.
동시에 묘한 안도감이 밀려들었다. 여행이
끝나면 당장 무엇을 해야 할지 몰라 막막했던
수진이었다. 남자 친구의 흔적이 모조리

사라져버린 빈집에 혼자 있고 싶지는 않았다. 그렇다고 딱히 부르거나 만날 사람이 있는 것도 아니었다. 언제나 수진을 위하던 이모는 죽는 타이밍마저 기가 막히게 골랐다. 버스가 비포장도로로 접어들자 심하게 흔들리기 시작했다. 울렁대는 속을 가라앉히며, 수진은 이마저도 오랜만에 돌아온 자신을 위한 환영 인사 같다고 생각했다.

5년을 만난 남자 친구는 결혼 준비를 앞두고 다른 여자를 만났다. 한 층 아래에서 일하는 다른 팀 사원이었다. 밝고 명랑하며 거침이 없는 미소 앞에서 수진은 화를 낼 의지조차 잃었다. 모든 게 자신의 잘못일까? 5년이라는 시간이 쌓아온 흔적들은 절대 사라지지 않는다고 너무 쉽게 생각한 탓일까?

남자 친구의 바람을 모르고 있던 사람은 13층에서 수진 하나뿐이었다. 소문이 수진의 귀에까지 들어가고 나서야 13층 동료들은 쭈뼛대며 다가와 위로의 말을 건넸다. 따스한 동정으로 꾸며진 문장 아래에서 수진은 그들의 속마음을 쉽게 엿들을 수 있었다. 수진 씨 말이야, 조용해도 일은 열심히 하고 괜찮은 사람이었는데, 결혼할 줄 알았더니 역시 사람 일은 어떻게 될지 모르는 거라니까. 한순간의 위로와 동정은 진심이었을지 몰라도, 수진의 일은 그저 회식 때마다 수많은 사람들의 입에서 질리도록 꼭꼭 씹힐 만한 안줏거리일 뿐이었다. 거기엔 도저히 익숙해질 수 없었다. 회식 자리에서 화장실을 갔다가 돌아왔을 때, 갑작스레 흐르는 기묘한 침묵 같은 것. 수진을 흘끔거리며 애써 화제를 돌리는 이들의 어색한 미소 같은 것. 그래서 수진은 도망쳤다. 사람들은 퇴사를 말리며 수진의 잘못이 아니라고 속삭였지만 문제는 그게 아니었다.

넌 꼭 다른 세상에 있는 사람 같아. 마지막 만남에서 남자 친구는 뻔뻔하게도 그런 말을

했다. 적반하장으로 억울함과 분노를 털어내는 그의 앞에서 수진은 모든 의욕을 상실한 채 멍하니 앉아 있었다. 어쩌면 가장 무서웠던 건 5년의 추억을 망쳐버린 그도, 생글거리며 웃던 12층의 사원도, 진작 말해주지 못해서 미안하다고 얼버무리던 동료들도 아닌, 수진 자신이었을지도 모른다. 무너져버린 5년과 이별 앞에서도 담담한 자신.

딱 한 번의 분노가 차갑게 가라앉아버린 후로, 수진은 무언가 이상하다는 생각을 했다. 왜 죽을 것 같지 않지, 왜 아프지 않지, 왜⋯⋯. 무언가 결여되어 있다는 감각은 마모되지 않은 결정처럼 자꾸만 튀어나와 수진의 온몸을 구석구석 찔러대었다. 날 사랑하긴 했어? 당연한 질문에도 수진은 쉬사리 입을 열지 못했다. 속사포처럼 말을 쏟아내던 남자 친구는 제가 더 상심한 얼굴을 하고 자리를 떴다. 어딘가 잘못되어 있다는

감각. 수진은 홀로 남은 자리에서 열심히
휴대폰을 뒤졌으나 불안함을 털어놓을 사람은
어디에도 없었다. 안 그래도 좁디좁았던
인간관계가 사내 연애를 시작하면서 돌이킬
수 없어졌기 때문이다. 설령 누군가와 연락이
닿는다 해도 돌아올 답이 두려웠다. 넌 원래
그런 사람이었잖아, 그런 말이 돌아올까 봐,
두려웠다.

　　차창 너머로 서어리의 이름이 적힌
표지판이 스쳐 지나간다. 서어리에
가까워질수록 새파랗던 하늘이 잿빛으로
변해가는 듯했다. 익숙한 풍경이 눈에
들어오자 수진은 저도 모르게 창문에
얼굴을 가까이 가져갔다. 중학생 시절 3년을
서어리에서 보내고 떠난 후로, 서어리에
돌아오는 것은 이번이 처음이었다. 몇 년이
되었더라, 15년, 16년? 수진은 수를 세며

이모를 떠올렸다. 언제나 조용하고 침착하고, 우아하며 기품이 넘치던 이모. 향을 피우고 그 앞에 무릎 꿇고 앉아 기도를 올리기를 즐겨했던 이모.

수진이 서어리에 왔을 때 이모는 30대 중반이었다. 성인이 되자마자 서어리를 떠난 엄마와 달리, 이모는 서어리에 남기를 선택했다. 서어리를 지긋지긋해하는 엄마를 대신해 시내에서 일을 구해 부모님을 모셨고, 장례까지 맡아 치렀다. 이혼 후 외국으로 전근을 가게 된 엄마가 오갈 데 없는 수진을 두고 어찌할 바를 모르고 있을 때, 내가 수진을 맡겠노라 선뜻 먼저 손을 내민 것도 이모였다.

서어리 마을 입구에서 내린 사람은 수진 하나밖에 없었다. 수진은 묵직한 가방을 고쳐 메며 마을 입구로 걸어 들어갔다. 커다란 바위에 새겨진 서어리(瑞魚里)라는 글자가 수진을 반갑게 맞이했다. 그 옆에서 인자한 미소를 짓고 있는 물고기 모양의 석상 역시, 수진의 빛바랜 기억 속에 남아 있는 추억 중 하나였다. 수진은 반들반들하게 닳은 석상의 머리 위에 손을 올려놓는다. 몸 깊숙한 곳에 잠들어 있던 추억은 기억 속 상대를 만나자마자 본능적으로 되살아났다.

서어리는 거대하고 영험한 물고기를 수호신으로 모시는, 조금은 독특하고 괴상한 마을이다. 그 열렬한 신도 중에 이모도 한 자리를 차지하고 있었음은 굳이 설명할 필요가 없을 것이다. 이모는 집 한구석에 놓여 있는 작은 제사상에 언제나 향을 피웠고, 매일 밤 그 앞에 앉아 기도를 올렸으며, 마을을 들어오고 나갈 때는 석상 머리에 손을 올리고 잠시 눈을 감았다. 도대체 무슨 말을 해? 어린 수진이 석상을 문지르며 기도하는 이모를 향해 그렇게 물었을 때, 이모는 쑥스럽게 미소 지었다. 언제나 나와 함께 해달라고, 마을을 벗어나는 순간에도, 마을로 돌아오는 순간에도 내 곁에 계셔달라고, 그렇게 비는 거야. 그러면 어신님께서 답을 돌려주셔. 그렇게 말하는 이모에게선 희미한 향냄새가 났다.

수진은 오랜 추억을 되살려 석상을 문지른다. 정작 서어리에서 지냈던 3년 동안은 한 번도 하지 않았던 행동이다. 경건한 얼굴로 곧게 몸을 세우고 기도를 올리던 이모를 따라 하듯, 서툴게 눈을 감고 석상을 어루만지며 속으로 속삭여보았다. 저 돌아왔어요, 이제 어떻게 해야 할까요? 짧은 적막이 흐른다. 수진은 멋쩍게 눈을 떴다. 수진이 어루만지던 석상도, 서어리의 이름이 새겨진 바위도 그대로였다. 대답 같은 건 돌아오지 않았다. 수진은 민망함에 누가 볼세라 주변을 둘러보며 헛기침을 했다. 한 번도 믿지 않았던 신에게 냅다 기도를 올려봤자 그 누구도 답을 돌려주지 않을 게 당연했다. 수진은 석상을

지나치며 마을 안쪽으로 들어가려다 말고,
다시 한번 뒤를 돌아본다. 부드럽게 석상을
문지르며 조용히 눈을 감고 있는 이모가 언뜻
보이는 것 같았다.

*이모는 죽으면 호수 아래에, 물 밑에 잠기고
싶어.*

이모는 수진을 향해 그렇게 말하고
있었다.

이장은 수진을 한눈에 알아보았다. 다
컸네, 다 컸어. 너무 커서 몰라볼 뻔했네.
한동안 웃으며 너스레를 떨던 그는 이모
이야기가 나오자 모자를 벗으며 예의를
차렸다. 이모는 화장실에서 손목을 그었다.
다행히 출근을 하지 않은 이모를 찾는 전화가
걸려와, 차갑게 식은 이모를 발견하는 데 오랜
시간이 걸리진 않은 모양이었다.

서어리는 거대하고 둥근 호수를 감싸 안은

마을로, 마을 바깥으로는 울창한 숲이 자리를
잡았다. 납골당은 마을 회관에서 도보로
10분 정도 떨어진, 마을 변두리의 숲 입구
부근에 위치해 있었다. 서어리 사람들은
성인이 되면 마을 납골당에 안치될 수 있는
권리를 얻는다. 외딴섬처럼 떨어져 있는
납골당은 오로지 서어리 사람들만을 위한
안식처였다. 여전히 외국에 있는 엄마를
제외하면 연락을 주고받는 친인척조차 없던
이모는 죽어서도 서어리에 남기를 선택한
듯했다.

　　숲을 잠시 헤쳐 나간 후 만난 납골당의
풍경은 기이했다. 입구 양옆에 선 어신의
석상 위로 나무 그림자가 짙게 드리웠고,
우거진 수풀들이 납골당 주변을 가득 메웠다.
안으로 걸음을 옮기자 격자 형태로 정돈된
소박한 내부가 드러났다. 납골당을 빼곡히
채운 찬장에는 유골함과 조화 들이 잔뜩 놓여

있었다. 수진은 그중 할머니와 할아버지의 이름을 발견했고, 그 아래에서 이모의 유골함을 찾아냈다.

유골함 옆에는 이모의 사진이 담긴 작은 액자와 나무로 깎은 조각품 하나가 단출하게 있을 뿐이었다. 나무 조각품은 작은 물고기의 형상을 투박하게 새긴 것으로, 손때가 묻은 듯 짙게 얼룩져 있었다. 수진은 조각과 이모를 기억해냈다. 조각은 언제나 이모의 손에, 이모의 품에 있었다. 이모는 조각을 소중하게 쥔 채 기도를 올리고, 조각을 머리맡에 두고 잠을 잤으며, 종종 조각을 문지르며 불안한 마음을 다스렸다.

수진은 이모의 유골함을 뚫어지게 바라보았다. 이장은 시간이 필요하리라 생각했는지 수진을 홀로 내버려두고 밖으로 나간 지 오래였다. 그런 배려가 무색할 정도로, 수진은 할 말이 없었다. 무슨 말을 해야 할지

알 수 없었다. 딱 하나 물어야 할 게 있다면
생각할 것도 없이 간단했다. 이모, 왜 죽었어?
허나 답을 얻을 수 없는 질문을 거듭 물고
늘어져봤자 시간 낭비만 하게 될 거라는 걸
수진은 잘 알고 있었다.

수진은 그렇게 납골당을 나왔다. 이장의
안내를 받아 마을 회관에 짐을 푸는 내내
수진의 코끝에는 향냄새와 축축한 호수의
내음이 섞여 맴돌았다. 창밖으로 보이는
서어호는 언제나처럼 그 자리에 있었다.

서어호 위로는 안개가 자욱했다. 안개가
없는 서어호는 진짜 서어호가 아니라고
느껴질 만큼, 그들은 한 몸처럼 존재했다.
거대한 서어호의 중앙에는 아주 좁은 돌섬이
있었는데, 그 위에는 작은 정자가 세워져
있었다.

몇 년 만에 다시 마주하게 된 서어호
앞에서 수진은 크게 숨을 들이쉬고 내쉰다.

서어호에서 시작된 안개는 끝도 없이 자욱하게 퍼져나가고, 온 마을을 감싸 안는다. 서어리가 풍기는 우중충하고 음침한 분위기는 모두 서어호로부터 비롯된 것이다. 하지만 안개가 없으면 서어호도 없듯이, 서어호가 없으면 서어리도 없었다. 거대하고 드넓은 호수는 마을의 하나뿐인 자랑거리였고 호수를 둘러싼 좁은 흙길은 마을 사람들의 유일한 산책로였다. 숨을 한 번 더 크게 들이쉬고, 내쉬고. 축축한 물 내음이 머리부터 발끝까지 온몸을 적시는 듯하다. 수진은 그렇게 익숙한 향을 마음껏 들이켰다. 어쩌면 그리워했을지도 모를 그 냄새를.

중학생 수진은 서어리에 머무는 동안 시내에 있는 학교를 다녔고, 시골에 갓 전학 온 '서울깍쟁이'를 향해 쏟아지는 각종 험담을 견뎌내야 했다. 서울에서 왔대, 잘난 척하는 것

봐, 재수 없어, 그런 험담들은 수진이 지내는 곳이 서어리라는 것이 밝혀지자 순식간에 다른 방향을 향했다. 너 서어리 알지? 쟤 거기에 산대. 그럴 줄 알았어. 역시 서어리 사람들은 좀 음침해. 이상해, 짜증 나, 냄새나.

그럴 리 없다는 걸 알면서도 수진은 종종 교복 사이에 코를 박고 냄새를 들이켰다. 혹시나, 정말 혹시나 서어호의 향이 자신을 따라다니는 것은 아닐까, 하는 걱정이 들었기 때문이다. 동시에 생각했다. 그 꿉꿉하고 퀴퀴한 서어호의 냄새에 어떤 힘이 있는지 너희들은 모를 거야. 서어호의 안개와 눅진함에는 사람의 마음을 편안하게 하는 힘이 깃들어 있었고, 수진은 종종 그 힘을 만끽했다. 매일 아침 등굣길에 서어호의 흙길을 밟으며 불쾌한 내음을 마음껏 들이키는 것은 수진의 소소한 일상 중 하나였다. 가끔은 이모와 함께 저녁노을이지는 서어호를 산책하기도 했다.

　　매일 밤 향을 피우고 기도를 드리는
괴상한 이모는 수진을 아꼈다. 이모의 따뜻한
보살핌이 없었더라면 서어리에서의 3년은
그리 쉽지 않았을지도 모른다. 이모는 모든 걸
다 알고 있는 눈빛으로 수진을 바라보았다.
굳이 말하지 않아도, 입 밖으로 내뱉지 않아도
된다는 미소. 어쩌면 이모는 그렇게 믿던
어신을 조금씩 닮아갔던 것은 아닐까.

　　서어리에 산다는 이유만으로
서울깍쟁이에게 이상하다, 냄새난다 같은
조롱이 쏟아진 것은 어쩌면 일반적이지
않을 수도 있다. 허나 수진은 그때의 자신을
생각하면 그런 모욕이 당연할지도 모른다고
생각했다. 부모님의 이혼과 엄마의 전근으로
혼자 남겨진 수진은 말이 없고 조용했다.
누군가 말을 걸면 제대로 쳐다보지 못하고
머뭇거리다가 상대가 뒤를 돌면 그제야 빤히

바라본 적이 많았다. 혼자가 익숙했고, 혼자가 좋았다. 구석에 있는 듯 없는 듯, 조용히 하루하루를 흘려보내는 게 편안했다. 원래 사람은 자기가 사는 곳을 닮아간대. 이모가 그렇게 말했던 날 아침, 수진은 서어호의 흙길을 걷다 말고 멈춰 서서 한참 동안 서어호를 바라보았다. 어쩌면 내 고향은 여기일지도 몰라. 어린 수진은 그렇게 믿었다. 혼자서도 꿋꿋하게 안개를 뿜어내는 이 마을이, 어쩌면 자신의 진짜 고향일지도 모르겠다고.

　이제 어른이 된 수진은 다시 한번 익숙한 안개 속에서 익숙한 흙길을 걷는다. 자욱한 안개 아래에 펼쳐진 호수와 호수 중앙에 우뚝 선 정자. 그 광경이 전하는 지긋지긋한 우울함은 자신과 많이 닮아 있는 것도 같았다. 쟤 이상해, 짜증 나, 냄새나. 앳된 목소리들 사이로 익숙한 남자 친구의 목소리가 섞여든다. 무슨 생각 해? 제발 말 좀 해. 왜 그렇게 음침하게 굴어? 진짜 지긋지긋해, 쟤 이상해, 대체 왜 그래, 짜증 나, 사람 피 말리게 좀 하지 마, 냄새나…….

지금 수진에게는 직장도, 연인도, 가족도 없었다. 수진이 가진 것은 아무것도 없다. 갈 곳도 마찬가지다. 어딘가 비어 있다는 묘한 감각은 쉬이 사라지지 않는다. 그 사실이 짧은 순간 동안 수진을 절망하게 만들었고, 절망은 서어호의 내음과 같이 바람에 잔물결을 치며 밀려들었다.

짙은 안개 역시 쉬이 사라지지 않았다. 다음 날 마을 회관에서 눈을 뜨자마자 수진은 창문을 열고 습한 공기가 마음껏 안으로 들어오도록 내버려두었다.

이모의 유품을 정리하러 가기 전, 수진은 빠르게 서어호를 산책했다. 물기가 축축하게

남아 있는 호숫가로 다가가자 낡은 운동화에
진흙이 잔뜩 묻어 나왔다. 저 멀리, 뿌연 안개
너머로 돌섬 위에 만들어진 정자가 보였다.
이리저리 고개를 쭉 빼고 둘러보아도, 호수
근처에 배 같은 건 보이지 않았다.

지금의 수진이 그렇듯, 어린 수진도
정자의 존재 이유를 항상 궁금해했다. 가지도
못할 걸 뭐 하러 만들었대? 수진이 꿍얼거리면
이모는 웃음을 터트리며 다 수호신님을 위한
거야, 하고 둘러대었다. 그러니까 가지도 못할
걸 뭐 하러 만들었냐고. 수진이 재차 물으면,
이모는 난감한 빛을 띠고 말을 돌리곤 했다.

"수진 씨? 맞으시죠?"

갑작스레 들려오는 목소리에 수진은
상념에서 깨어났다. 안개를 뚫고 흙길을
밟으며 한 남자가 다가오고 있었다. 수진보다
조금 어려 보이는 그는 마을과 어울리지
않게 깔끔한 셔츠에 청바지 차림이었다. 안개

속에서 얼마 버티지 못하고 축축해져 늘어질 것이 분명한 머리카락도 깔끔하게 정돈해 자연스럽게 쓸어 넘긴 채였다.

"박태현이라고 합니다. 소식은 들었는데, 뒤늦게 인사드리네요."

남자는 손을 내밀었고, 수진은 얼떨결에 손을 잡아버렸다. 악수가 이어지는 동안 수진은 어색하게 웃었지만 남자는 개의치 않는 듯, 자기소개를 빠르게 늘어놓았다.

태현은 국문과 출신으로, 무속 신앙과 시골 마을 풍속을 연구하다가 서어리의 이야기를 듣고 찾아오게 되었다고 했다. 단순히 조사를 위해 방문한 마을에 마음이 이끌린 그는 모든 걸 포기하고 이곳에 남을 정도로 서어리에 매료되어갔다. 그렇게 마을에서 이장을 따라 일을 도우며 살기 시작한 게 벌써 2년이 넘었다며, 그는 가지런한 이를 드러내고 웃었다. 수진은

멀쩡한 곳을 내버려두고 서어리를 택한 그도
평범한 사람은 아닐 거라고 속으로 생각하며
손을 말아쥐었다. 태현의 손이 닿았던 곳에는
축축한 기운이 남아 있었다.

"이모님 소식은 들었습니다. 정말
유감이에요."

"괜찮아요. 자주 연락하던 사이도
아니었는걸요, 뭐."

"혹시라도 제가 도울 일 있으면 언제든지
말씀해주세요. 마을 입구 근처 파란 지붕으로
찾아오시면 됩니다."

수진이 고개를 숙이자 남자는 수진을 따라
반듯하게 인사를 건네고 사라졌다. 수진은
남자가 안개 속으로 사라지는 모습을 멍하니
바라보다가, 서어호를 벗어났다.

이모의 집은 납골당에서 10분 정도 떨어진
곳에 있었다. 주홍빛으로 빛나는 지붕은

군데군데 낡아서 갈라진 틈이 보였다. 집을
둘러싼 담장에는 거무튀튀한 얼룩들이 잔뜩
묻어 있었고, 제멋대로 자란 잡초와 들꽃이
무성했다. 대문은 잠겨 있지 않았다. 문을 밀자
귀에 익은 소름 끼치는 소리가 났고, 우습게도
수진은 그 소리에 울컥 하고 눈물을 쏟고
말았다.

좁은 마당은 조금도 변하지 않은 채 그
모습을 유지하고 있었다. 어린 수진이 데려온
강아지를 키우기 위해 급하게 사들였던
개집은 여전히 구석에 텅 빈 채 놓여 있고,
수돗가 밑으로 먼지 쌓인 바가지 몇 개가 겹쳐
있었으며, 겉으로 보기에도 곳곳에 거미줄이
가득했다. 수진은 피어오르는 먼지에 기침을
하며 안으로 들어갔다. 낯익은 풍경 속에 어린
수진과 이모가 함께 앉아 이야기를 나누고,
밥을 먹고, 잠을 자고 있었다.

이모의 짐은 정리할 것도 없었다. 마치

오래전부터 죽음을 계획하기라도 한 듯이,
큰 가전제품과 옷가지를 제외하면 남은 게
많지 않을 정도였다. 수진은 이장이 준비해준
박스 안에 이모의 옷을 차곡차곡 개어 넣었다.
마지막으로 텅 빈 서랍을 살폈다. 이모는
의외로 서랍 구석에 옷을 처박아두는 경향이
있었다. 이번에도 역시나, 수진은 구석 틈에
돌돌 말린 채로 끼어 있는 원피스를 발견했고
손으로 잡아당기자 옷은 찢어질 듯 팽팽하게
늘어났다. 조심스레 서랍을 열고 닫으며
원피스를 빼어냈다. 이모가 평소 즐겨 입던,
단아하고 고풍스러운 분위기를 풍기는 무늬로
가득 채워진 원피스였다. 허공에 원피스를
털었다. 먼지가 풀썩 피어오름과 동시에
편지 봉투 하나가 주머니에서 툭 튀어나와
바닥으로 떨어졌다. 수진은 급하게 편지를
주워 들었다. 유서였다.

　　이모는 죽음을 준비하는 순간마저

이모다웠다. 정갈한 글씨체와 예의 바른 말투를 보자마자 울음 섞인 웃음이 흘러나올 만큼 한결같은 사람이었다. 이모는 많은 것을 쓰지 않았다. 이렇게 혼자 내버려둬서 미안하다는 말을 언니에게 전하고, 그 밑에 짧은 문장을 덧붙였다. 결코 지나칠 수 없는 강렬함을 품은 문장을.

마지막으로 수진아, 이모는 죽으면 호수 아래에, 물 밑에 잠겨 어신님과 한 몸이 되고 싶어, 부탁할게. 미안해, 사랑해, 다시 만나.

이모의 유서는 그렇게 끝이 났다.

그놈의 어신, 어신. 수진은 신물이 났다. 그깟 어신이 대체 뭐길래 하나뿐인 조카에게 남길 말이 고작 저것뿐이었을까? 우리가 함께 나눈 시간은 분명 그것보다 더 많은 것을 품고 있다고 생각했는데? 수진은 분함에 눈물을 뚝뚝 떨구면서도, 혹시나 유서에 제 눈물이 묻지는 않을까 조심스레 봉투에 집어넣었다.

　　모두가 어신을 수호신으로 믿는
마을이라지만, 수진은 어신에 대해 아는
게 많지 않았다. 마을에서 태어나지 않은
외부인이라는 이유로 수진은 어신과 관련된
모든 대화와 행사에서 배제되었다. 마을에서는
이장의 주도하에 1년에 한 번씩 어신님을 위한
제사가 이루어졌지만 수진은 서어리에서 보낸
3년 동안 한 번도 제사에 참석하지 못하고
멀리서 구경만 해야 했다.

　　수진은 유서가 담긴 봉투를 반으로 접어
주머니에 넣었다. 박스 하나에 담길 만큼
조촐한 짐을 가만히 내려다본다. 그러고 보니
바로 이 자리에서, 어린 수진은 이모에게
물었더랬다.

　　어신님이 대체 뭔데? 예수님 같은 거야?
죽었다가 다시 살아나? 도대체 뭐 하는
신인데?

신자에게는 꽤나 건방지게 느껴질 수 있는
물음에도 이모는 슬쩍 웃고는 말을 돌렸다.
그날 밤 천천히 수마에 빠져들어가는 수진의
곁에 누운 이모는, 한참 동안 고요한 목소리로
어신의 설화에 대해 설명해주었다.

수진이 상상도 할 수 없는 아주 오래전,
마을에 큰 전염병이 돌았고 사람들이 파리
떼처럼 죽어나갔다. 도저히 시체를 처리할
수 없게 된 마을 사람들은 수십 구의 시체를
호수에 버렸는데, 그때 호수 아래에서 거대한
어신이 모습을 드러냈다고 한다. 어신님은 그
거대한 입을 벌려 직접 말씀하셨다.
*내 너희의 육신을 삼켜 내 안에서 평생을
뛰어놀게 하리라.* 그의 벌린 입 안에서는
정말로 죽은 사람들이 살아 움직이며
행복하게 웃고 있었고, 사랑하는 사람들이
고통 없이 지내는 모습을 본 사람들은
어신에게 절을 하며 감사 인사를 표했다고

한다.

그 후로 어신은 서어리를 지키는 공식적인
수호신이 되어, 마을 곳곳에 그 흔적을 남기기
시작했고, 어신의 이야기는 설화가 되어
세대에 걸쳐 전해졌다. 마을 이장을 필두로
모인 신도들은 오랜 시간이 흐르며 서서히
줄어들었으나, 이름에서도 알 수 있듯이
서어리는 어신이라는 위대한 존재 아래
탄생하고 살아남은 마을이었다. 마을에서
태어난 주민들은 어신에 대한 이야기를
들으면서 자랐고, 어린 나이에 아무것도 모른
채로 부모를 따라 서툴게 기도를 올리기도
했다. 물론 진심으로 어신을 믿고 안 믿고는
철저히 개인의 문제였다. 이모와 엄마만
보아도 그랬다.

'이모가 어렸을 때, 너희 엄마랑 같이
엄청 크게 아팠던 날이 있었어. 자꾸 열이
오르고 기침이 나고, 약을 먹어도 병원을 가도

낫지를 않았는데, 이장님이 호수 물을 한가득
떠오셨어.'

'그래서?'

'호수 물을 마셨더니 언제 그랬냐는
듯 씻은 듯이 나았지. 나도, 너네 엄마도.
서어리에서 태어난 사람들은 그렇게 어릴 때
한 번씩 크게 앓는대. 그때 호수 물을 마시면
괜찮아지는 거야, 일종의 약속 같은 거지.'

'······이모는 그걸 진지하게 믿는 거야?'

'진짜 물을 마시자마자 바로 깨끗하게
나았는걸.'

'우리 엄마도 마셨어? 그 더러운 호수
물을?'

'더럽다니, 그런 말 하면 큰일 나. 당연히
마셨지. 근데 묻지는 마, 기억하기 싫어할
거야. 언니는 어신님을 안 믿었거든. 단 한
순간도 어신님을 믿은 적이 없었어.'

'당연히 안 믿지. 우리 엄마는 그런 거 믿을

바에야 차라리 혀 깨물고 죽을 사람이야.'

'그래서 언니는 떠나고, 이모는 남았잖아.
여기에.'

그래서 엄마는 떠나고, 이모는 남았다,
서어리에.

수진은 박스를 들고 이모의 집을 나섰다.
마을 회관으로 가는 내내 오로지 단 하나의
생각만이 수진의 머릿속을 가득 채우고
있었다. 수진은 이모의 부탁을 들어주고
싶었다.

"······뭘 어떻게 한다고요?"

"이모의 유해를 서어호에 뿌려주고
싶어요."

황당한 얼굴을 한 이장 앞에서, 수진은
이모의 유서를 꺼냈다. 내용은 보여주고 싶지
않아서 유서라는 글자가 커다랗게 새겨진
겉면만 보이도록 들었다. 이모가 마지막으로

남긴 말이에요. 죽으면 물 밑에 잠기고 싶…….

수진은 거기까지 말하다 말고 잠시 멈췄다.

'물 밑에 잠겨 어신님과 하나가 되고 싶다'라는

말을 굳이 입 밖으로 내뱉을 용기는 없었다.

　"죽으면 유해를 호수에 뿌려달래요.

유서에 남긴 부탁인 만큼 꼭 들어주고

싶어서요."

　수진은 납골당에 안치된 이모의 유골함을

떠올렸다. 유골함을 품에 안고, 손바닥 가득

이모를 쥐고 호수 근처에 서 있는 자신의

모습이 그려졌다. 손바닥에서 비처럼 떨어져

내리는 하얀 가루가 호수 아래로 깊숙이

잠기는 모습도.

　"……그건 좀 어려울 것 같은데……."

　이장이 말끝을 흐림과 동시에, 수진은

상상에서 깨어났다. 난감한 표정의 그는

주름진 얼굴을 한껏 찡그리며, 곤란하다는 듯

고개를 내저었다. 당황한 수진은 다시 유서를

들이밀었다. 고인의 부탁인데요. 이미 화장도 끝났는데, 유골함만 꺼내면……. 이장은 수진의 말을 자르며 끼어들었다.

"아이고, 나는 부탁이고 뭐고는 모르겠고, 안 되는 건 안 돼. 이미 정해진 대로 마을 납골당에 모셨는데, 종이 하나만 믿고 바꿀 수는 없어."

묘하게 달라진 이장의 말투에도 수진은 애써 웃음기를 잃지 않으려 노력했다.

"효력 없는 유서라는 건 알지만, 이모가 제게 남긴 게 분명해서요. 그러니까……."

"안 돼요. 이 이야기는 그만합시다."

단호하게 말을 맺은 이장은 거침없이 뒤를 돌아 사라졌다. 수진은 그 뒷모습을 멍하니 노려보며 잠깐 서 있다가, 유서를 내려다보았다.

이모가 수진에게 유서를 남긴 이유는 단순했다. 수진을 믿었기 때문이다. 수진이 올

거라고 믿었기 때문에, 수진이 집을 찾아와
유품을 정리할 거라고 믿었기 때문에, 자신이
제일 아끼던 원피스를 수진이 찾아낼 거라고
믿었기 때문에.

　수진은 이모의 끝을 마음대로 상상한다.
여느 때처럼 이모는 혼자였을 것이고, 저녁
식사 후 제단에 향을 피우고 어신님을 향해
짧은 기도를 올렸을 것이며, 그 앞에서 종이
위에 정갈하게 유서를 써 내려갔을 것이다.
많은 것을 품고 있지만 결코 말하지 않는
문장들을 가볍게 쓰고, 유서를 곱게 접어
봉투에 넣고, 겉면에 '유서'를 새겨 넣는다.
가장 아끼는 원피스 주머니에 유서를 넣고
원피스를 돌돌 말아 서랍 구석에 쑤셔 넣는다.
다른 그 누군가가 아니라, 오직 수진만이
유서를 발견할 수 있게.

　수진은 그 믿음에 부응하고 싶었다.
이모가 남긴 마지막 문장을 쓸쓸하게

내버려둘 수 없었다.

그날 밤, 수진은 마을 납골당으로 향했다.
휴대폰 불빛에 의지해 조심스레 풀숲으로
발을 내딛어야 하는 여정이었다. 어둠
속에서 길을 따라 납골당을 찾아가는 일은
꽤 어려웠다. 마침내 납골당 앞에 세워진
어신상을 발견했을 때, 온몸은 땀으로 범벅이
되어 있었다. 수진은 소리 나지 않게 움직였다.
납골당 입구 손잡이를 찾아 돌렸다. 예상대로
철컥, 하는 단호한 소리만이 수진을 맞이했다.

"거기 누구세요?"

순간 환한 빛이 수진의 얼굴 위로 가득
쏟아졌다. 수진은 숨죽인 비명을 작게
내뱉으며 몸을 돌렸다. 손전등을 비추고 있는
사람의 얼굴은 어둠에 가려 보이지 않았다.

"……수진 씨? 여기서 뭐 해요?"

그림자 뒤에서 태현이 걸어 나왔다.

오전에 잠시 보았던 것과는 다르게, 셔츠는 잔뜩 구겨지고 청바지에는 거뭇한 얼룩이 묻은 채였다. 그는 마을 안쪽에 위치한 집에 다녀오던 중이었다. 오래된 담이 무너져 수리하는 것을 돕고 저녁까지 거하게 얻어먹은 후 돌아오는 길에, 숲 초입에서 번쩍이는 불빛을 보고 따라왔다는 것이다. 그러셨구나, 수진은 고개를 끄덕이고 잠시 고민하다가 말을 이었다.

"……납골당에 들어가야 해서요."

"납골당에는 왜요?"

짧은 침묵이 흘렀다. 수진은 변명할 거리를 찾지 못해 잠시 머뭇댔다. 태현은 수진의 얼굴에 떠오른 기색을 읽은 듯, 어깨를 으쓱이며 손전등을 돌렸다.

"열쇠 찾아드릴게요. 뭐, 이렇게 만나게 된 것도 다 어신님의 뜻일 테니까."

"……태현 씨도 어신을 믿어요?"

"그럼요. 그래서 남았는걸요. 어신님의
뜻을 따라."

말을 마친 태현은 뒤를 돌아 입구에
서 있는 석상으로 다가갔다. 왼쪽 석상
언저리에서 허리를 굽힌 그는 흙을 잠시
걷어내고, 무언가를 들어 올렸다. 반짝이는
열쇠가 그의 손가락에 걸려 있었다. 수진은
흙이 묻은 열쇠를 받아 들고 주저하다가, 참지
못하고 빈정거렸다.

"그럼 지금 이것도 어신님의 뜻이에요?"

"네. 그분은 모든 걸 보고 계세요.
모든 것을 굽어보시며, 서어리 주민들을
보호하고 끝내는 죽음에마저 동행하신다……
오래전부터 전해 내려오던 말이죠."

"이모한테 들은 적 있는 것 같긴 한데,
희미하네요. 제가 머무르는 동안은 그런
이야기를 해주는 어른들이 없었거든요. 한번
외지인은 평생 외지인이라나."

되는대로 지껄이던 수진은 후회했다.
외지인이라는 공통점 때문인지, 이 독특한
남자 앞에서는 왠지 모르게 말을 편하게
늘어놓게 되었다.

"저도 처음엔 그랬어요. 마을에 남겠다고
허락받는 데만 해도 시간이 걸렸고요. 지금도
어떤 분들은 외지인이라며 말도 안 거세요.
5년 정도 버티면 마을의 일원으로 받아주지
않을까, 그렇게 생각하고 있어요."

말을 마친 태현은 납골당 문 앞에서
수진을 향해 물었다. 들어갈까요? 수진은 고민
없이 열쇠를 넣고 돌렸다.

어둠에 잠긴 납골당 안은 스산하면서도
미묘한 슬픔을 풍겼다. 수진은 여전히 휴대폰
불빛에 의지한 채로, 이모의 유골함이 보관된
곳을 찾았다. 불을 켠다면 이장이나 다른 마을
사람들이 발견할 게 틀림없었다.

이모님이 계신 곳 찾으세요? 태현이

그렇게 물었고, 수진은 고개를 끄덕이며
조심스레 유리창을 더듬었다. 기억에 의존해
이리저리 불을 비춘 끝에, 익숙한 얼굴이
담긴 액자가 마침내 눈에 들어왔다. 유리에는
다행스럽게도 작은 손잡이가 달려 있었고,
손잡이를 당기자 쉽게 열렸다. 수진은
휴대폰을 태현에게 맡기고 이모의 유골함을
두 손으로 천천히 꺼내 들었다. 품에 한가득
안기는 유골함은 충분히 무거웠다. 유리창을
닫고 미련 없이 돌아서려다 말고, 수진은
문득 유골함을 열었다. 결코 어떤 생각이나
의심에서 기인한 행동은 아니었으나,
단지 안을 살펴보던 수진은 저도 모르게
얼어붙었다. 수진의 반응을 확인한 태현이
다가와 불빛을 비추었고, 이내 수진을 따라
굳어버렸다.

　유골함 안은 텅 비어 있었다.

어린 수진은 종종 이모가 나무로 조각한 인형 같다고 생각했다. 언제나 곧고 바른 자세에 항상 같은 미소를 품고 있는, 나무를 깎고 다듬어 섬세하게 조각한 인형. 바닥에 던져도, 반으로 조각을 내도, 불 속에 던져버려도 언제나 평온한 미소를 잃지 않을 인형. 이모가 지니고 다니는 물고기 조각처럼 손때가 가득한, 그렇지만 절대 무너지지 않는 인형. 수진은 그런 이모를 닮고 싶었다. 무너지지 않고 싶다고 느꼈다. 아빠가 떠난 방에서 수진이 선물했던 넥타이를 발견한 기억이 떠오를 때, 엄마에게 보낸 메시지가 수십 개씩 쌓여가도 답이 돌아오지 않을 때, 사물함 속 물건이 모조리 바닥에 떨어져 있고 킥킥거리는 웃음소리가 사방에서 쏟아질 때, 무너지지 않고 나무 인형처럼 버티는 방법을 배우고 싶었다.

울고 싶은 날이면 수진은 일부러 이모가

야근하는 밤을 골랐다. 온몸을 이불에
파묻은 채로 그간 미뤄둔 기억을 하나하나
되새겼다. 그러면 신기하게도 금방 눈물이
났다. 이모가 도착할 즈음이 되면 울음은
서서히 잦아들었고, 수진은 소리를 죽이고
자는 척을 했다. 그런 날들이 종종 있었다.
우습게도 이모가 무너지는 순간을 처음으로
마주한 건 수진이 실컷 울기로 결심했던 그런
밤이었다.

　그날 밤, 수진은 이불 속에서 울음을
가라앉히며 이모가 집으로 들어오는 소리를
들었다. 평소 같으면 바로 화장실로 향했을
이모는 무슨 일인지 거실을 벗어나지 않았다.
문밖에서 들려오는 소리에 귀를 기울이자
희미하게 흐느끼는 소리가 났다. 이모는 울고
있었다. 수진은 조심스레 문을 열고 틈 사이로
눈을 가져갔다. 이모는 제사상 앞에 무릎을
꿇은 채 두 손을 맞잡고 슬픔을 쏟아내는

중이었다. 무너지지 않는 나무 인형 같은 건 없었다.

다음 날 아침 이모는 고등어구이와 콩나물국으로 아침을 차렸다. 수저와 그릇이 부딪치는 소리만 조용히 울리는 동안 이모는 지난밤의 일에 대해 한마디도 하지 않았다. 고등어 가시를 제거하고 통통한 살만 골라 수진의 밥그릇 위에 올려주는 이모의 두 눈은 퉁퉁 부어 있었다. 수진은 애써 이모의 얼굴을 모른 척하며 윤기가 흐르는 고등어 살을 꾸역꾸역 집어삼켰고, 결국 저녁이 오기 전에 먹은 것을 모조리 게워냈다. 소화제를 챙겨주고 수진의 손가락 사이사이를 열심히 주무르던 이모는 불쑥 말했다.

'마음이 다치면 다친 만큼 텅 비어버릴 때가 있어.'

바닥에 누워 손을 맡기고 있던 수진은 이모를 올려다보았다.

'이모도 그럴 때가 있어?'

'그럼.'

선뜻 튀어나오는 대답에 수진은 잠자코 침묵을 지켰다. 잠깐의 기다림 끝에 이모는 선선하게 웃으며 말을 이었다.

'그땐 기도해. 어신님께 부탁하는 거지. 내 마음이 이렇게 비어버렸으니 그만큼 더 스며들어 달라고.'

이모는 대수롭지 않다는 듯 말하고는, 수진에게 내일 아침으로 먹고 싶은 것이 있냐고 물었다. 죽을 끓일까, 아니면 다른 게 좋니? 수진은 고개를 저었다. 고등어구이와 콩나물국을 또 먹게 되어도 괜찮았다. 이모는 틀림없이 가시 바른 살을 수진의 밥그릇에 올려줄 테니까.

언젠가 현관에서 신발에 발을 집어넣다 말고 이모의 운동화에 시선을 빼앗긴 적이 있었다. 운동화에는 서어호의 진흙이 잔뜩 묻은 채였다. 이모는 운동화에 묻은 흙을 털어내는 법이 없었다. 원래부터 자신의 운동화는 그렇게 흙투성이였다는 듯이. 수진은 저도 모르게 휴지를 뽑아 들고 이모의 운동화를 문질러 닦았다. 운동화는 조금도 깨끗해지지 않았지만 그렇게 쪼그리고 앉아 이모의 신발을 문지르고 있는 시간이 그저 좋았다.

그 후로 어린 수진은 가끔 절망으로 밤을 새울 때마다, 텅 빈 마음에 이모가 스며드는 상상을 했다. 점점 더 많은 공간이 비어갈수록, 이모가 차지하는 자리는 늘어만 갔다. 수진은 언제까지나 이모를 위한 자리를 남겨두고 싶었다. 그럴 때만큼은 마음이 텅 비어가는 감각이 두렵지 않았다.

전염병으로 죽은 자들이 어신의 입 안에서 뛰어놀았다는 설화처럼, 서어리의 어신은 삶과 죽음을 관장하는 존재로 모든 순간마다 마을 주민들을 굽어보며 평생을 보호하고 끝내는 죽음에마저 동행하신다……

수진은 태현의 수첩에 적힌 글을 손가락 끝으로 훑었다. 단정하게 쓰인 글씨가 꼭 이모를 떠올리게 했지만, 수진은 아무 말도 하지 않고 커피를 들이켰다. 태현과 수진은 시내에 있는 한 카페에 앉아 있었다. 수진이 태현의 수첩에 적힌 글들을 처음부터 끝까지 읽는 동안, 태현은 모처럼 시내에 나왔을 때 많이 먹어둬야 한다며 각종 디저트를 부지런히 입으로 옮기는 중이었다.

텅 빈 유골함을 발견하고 마을 회관으로 돌아가는 길, 수진은 저 멀리 보이는 희미한 서어호의 풍경에 걸음을 멈췄다. 조그맣게 보이는 정자 근처에 나룻배 한 척이 대어져 있었다. 서어리에서 지냈던 과거 3년 동안에도 한 번도 본 적 없는 광경이었다. 정자 안에는

분명히 사람의 형체가 바쁘게 움직이고
있었다.

서어리에서 무언가가 벌어지고 있다.

그렇게 확신한 수진은 이튿날 아침, 날이
밝자마자 마을 입구의 파란 지붕 집을 찾았다.
태현은 갑작스런 방문에 당황한 듯했지만
수진의 말에 귀 기울였다. 전날 밤, 깜깜한
납골당에서 텅 빈 유골함을 함께 확인한 일은
둘에게 설명할 수 없는 기묘한 소속감을 주고
있었다.

그러니까, 정확히 말해서 납골당의 모든
유골함이 텅 비어 있는 것을 확인한 후부터.

태현의 수첩 마지막 페이지에 그려진
어신은 신기한 외형을 갖춘 존재였다. 거대한
잉어처럼 생긴 어신의 쩍 벌린 입 안에는
뭉툭한 이빨들이 빽빽했고, 몸통 앞뒤에
물갈퀴가 달린 다리가 두 개씩 자리를 잡았다.
그림을 가만히 바라보고 있으니 이상하게

속이 울렁거려서, 수진은 커피를 또 한 모금 들이켜야 했다.

"서어리 주민들은 성인이 되면 일종의 성인식을 겪어요. 어떤 방식인지는 들을 수 없었지만, 성인식을 경험해야 진짜 주민으로 인정받고 정식으로 어신님의 신도가 될 수 있죠. 수진 씨 어머니처럼 성인식을 치르지 않고 마을을 떠나는 경우도 있고, 이모님처럼 남는 경우도 있고…… 요즘은 당연히 도시로 나가는 사람들이 많아서 신도 수가 점점 줄고 있는 추세라네요."

태현은 잠시 말을 멈추고 먹고 있던 케이크를 반으로 갈랐다.

"성인식, 1년에 한 번씩 어신님께 바치는 제사……. 마을에서 열리는 큰 행사는 제가 알기론 그 정도예요. 성인식은 보통 서어호 근처에서 열리고, 그때마다 어신님이 직접 모습을 드러내신다는데, 글쎄요. 제가 여기

온 이후로는 성인식이 열린 적이 없었고 제사는 그냥 평범한 제사였고……. 그래서 한 번도 직접 확인을 해본 적은 없네요. 그 말이 사실인지 아닌지.”

제가 말하고도 어이가 없었는지, 태현은 케이크를 한 입 삼키며 멋쩍게 웃었다. 수진은 잠시 그 미소에 시선을 두었다. 어두운 납골당 입구에서 이것도 어신님의 뜻이라며 어깨를 으쓱이던 태현에게는 어딘가 그를 낯설게 만드는 분위기가 있었다. 그럴 때면 태현은 수진보다도 더 나이가 들어 보였다. 디저트 부스러기를 입가에 묻히고 미소 짓는 지금은 달랐다. 태현은 제 나이대의 평범한 학생처럼 웃었고, 건드릴 수 없는 천진함을 풍겼다. 어느 쪽의 모습이든, 그의 주변에서는 맹목적인 믿음을 소유한 사람 특유의 공기 같은 것이 흘렀다. 수진은 그게 신기했다. 무엇이 그를 이렇게 독실한 신자로 만들었을까?

"숨겨진 납골당이 따로 있는 걸까요? 마을 주민들만 들어갈 수 있는?"

"음, 제가 머무르는 동안 숲에 납골당 말고 다른 건물이 있다는 말은 들은 적 없어요. 못 들은 걸 수도 있겠지만."

어쨌든, 수진 씨나 저나 마을 사람들한테는 외지인이니까요. 그렇게 말하며 태현은 어깨를 으쓱이고 웃어 보였으나 수진은 그를 따라 미소 짓지 못했다.

이모는 대체 어디 있는 걸까? 다른 곳에 안치되어 있을까? 그러기엔 태현의 말이 걸렸다. 아무리 마을 소식을 듣지 못하는 태현이라 해도 2년 동안 서어리에 머물렀다면 무언가가 있다는 걸 모를 리가 없었다. 만약 이모가 죽지 않았다면? 그건 그거대로 말이 되지 않는다. 이모는 죽었다. 마을 사람들이 이모를 발견했고 경찰이 이모의 시신을 확인했을 것이다. 요즘 같은 세상에 죽음을 꾸며내기란 쉽지 않다. 그렇다면, 어쩌면…….
수진은 복잡한 머릿속을 가라앉히려고 애썼다.
이모를 불태우지 않았다면? 아니, 다시 말해
마을 사람 모두가 불태워지지 않는다면?

태현과 헤어진 후, 수진은 시내에 있는
이모의 전 직장에 들렀다. 광고물을 제작하는
작은 회사였고 직원 수가 많지 않았는데도
이모와 깊은 교류를 한 사람은 거의 없었다.
서어리 사람들이 다 그렇잖습니까. 어딘가 말
걸기 힘들고, 조금 어렵고. 그렇다고 그렇게 갈
줄은 정말로 몰랐는데……. 사장은 변명하듯
그렇게 덧붙였다.

기껏 시내에 나왔건만 큰 수확은 없었다.
수진은 우울한 기분으로 서어리로 돌아가려던
찰나, 대형 마트 안으로 들어가는 서어리
주민들을 발견했다. 저도 모르게 그들을 따라
마트에 들어섰다. 마을에서 작은 구멍가게를

꾸리는 노인과 그의 딸이었다. 딸이 들고
있는 바구니에는 각종 과일을 비롯한
식료품들이 가득 담겨 있었다. 수진은 그들이
자신을 알아보지 못하는 것을 확인하고
그 옆을 지나치다가, 어떤 단어가 그들의
입에 오르내리는 것을 듣고 걸음을 멈췄다.
'제사'였다.

　"참, 제사상에 올리려면 배도 사야지.
깜빡했네."

　노인의 딸은 다시 바쁘게 움직여 수진
곁을 스쳐 갔고, 수진은 그들이 마트를 나갈
때까지 과일 코너 근처를 서성이며 소리를
죽였다. 아쉽게도 그들은 더 이상 대화를
나누지 않았고, 물건들로 가득한 봉투를 쥐고
밖으로 나섰다.

　제사? 어떤 제사일까? 태현에게 듣기론
1년에 한 번씩 열리는 공식 제사는 수진이
도착하기 몇 달 전에 이미 끝났다고 했다. 물론

개인적으로 치르는 집안 제사일 수도 있었다.
사실 그럴 가능성이 더 높았다. 그럼에도
수진은 무언가 이상한 기분을 떨쳐낼 수가
없었다.

　　그렇게 불안한 호기심을 품고 마을
회관으로 돌아갔을 때, 수진은 문 앞에서
자신을 기다리고 있던 마을 이장을 마주쳤다.
그는 수진을 보고는 얼굴을 가득 채우고
있는 주름이 활짝 펴지도록 환하게 웃었다.
수진에게는 그 웃음이 꼭 가짜처럼 보였다.
이장은 수진이 도착하자마자 본론부터 꺼내
들었다.

　　"이제 슬슬 가줬으면 해요."

　　"네?"

　　"납골당도 봤고, 유품 정리도 끝났고…….
이만하면 볼일은 다 끝나지 않았나? 외지인이
오래 머무르면 마을 기운이 안 좋아지거든.
마을 사람들이 눈치 주기도 하고. 여기까지

했으면 오래 있었지, 오래 있었어. 내 당장
나가라고는 안 할게. 오늘까지만 있는 걸로
합시다."

수진은 할 말을 찾지 못해 가만히 입만
뻐끔거렸다. 친절한 듯, 무례한 듯, 이장은
보이지 않는 선을 넘지 않으면서 돌려 말하고
있었다. 당장 여길 떠나라고, 여긴 네가 있을
곳이 아니라고.

묘하게 강압적으로 다가오는 그 태도에
수진은 아무런 반항도 할 수 없었다. 헛웃음을
흘리며 수진은 짐을 쌌다. 짐을 싸는 내내
이장은 마을 회관 입구를 서성이며 수진을
감시했다. 마치 수진이 정말로 떠나는지
확인이라도 해야 하는 것처럼.

다음 날은 서어리답지 않게 오랜만에
하늘이 맑았다. 익숙한 안개 대신 이장이
수진을 배웅했다. 수진은 마을 입구의

어신상을 다시 한번 어루만져 보지도 못하고
쫓기듯 밖으로 내몰렸다. 버스 정류장에 앉아
수진은 화창한 하늘 아래 서어리와, 웬일로
안개를 뿜지 않는 서어호를 바라보았다. 모든
게 거짓말처럼 수진을 내보내려고 하는 것만
같았다. 미소로 무장한 가짜 얼굴을 하고.

수진은 멀지 않은 곳에 있는 파란 지붕을
노려보았다. 그에겐 달리 선택할 수 있는 길이
남아 있지 않았다.

❖

"수진 씨, 일어나봐요."

태현이 숨을 죽이고 속삭였다.

수진은 낯선 목소리에 몸을 벌떡
일으켰다. 파란 지붕 아래 좁은 방에서 몸을
구기고 자고 있던 수진은 제가 있는 곳이
어딘지 기억하지 못하고 허둥댔다. 태현은

집게손가락을 들어 입술에 가져갔다.

"쉿, 큰 소리 내지 말고, 창밖 좀 봐요."

수진은 비몽사몽간에도 착실하게 태현의
말을 들었다. 창턱에 손을 올리고, 바닥에 앉은
채로 몸을 들어 창밖을 내다보았다. 안개로
가득한 새벽이었다. 아직 푸른빛조차 감돌지
않는 회색 하늘 아래, 마을 주민들이 바쁘게
어디론가 가고 있었다. 남자들은 커다란
상을 옮기고 있었으며, 여자들은 접시에
담긴 음식을 열심히 날랐다. 수진은 소리를
지르려다 말고 입을 틀어막았다.

처음 수진이 태현의 집에 몰래
머무르게 해달라고 부탁했을 때, 태현은
제사라는 단어에 회의적인 반응을 보였다.
수진이 생각했던 것처럼 개인적인 집안
제사 이야기일 거라는 의견이었다. 혹시
모르니 며칠만 숨어 있게 해달라는 간절한
애원에도 고개를 저었다. 들키면 나도

바로 쫓겨날 거예요. 2년 동안 머물렀던 시간이 다 물거품이 되는 거라고요. 수진은 물러서지 못했다. 그럼 난 이모가 어디에 있는지도 모르고 돌아가요? 수진이 묻자, 태현은 오랫동안 고민하고 또 고민했다. 딱 사흘만이에요. 더는 안 돼요. 그렇게 파란 지붕 아래에서 몸을 숨기고 지낸 지 딱 사흘째 되던 날, 마침내 제사가 시작된 것이다.

마을 주민들은 모두 서어호를 향해 움직이고 있었다. 수진과 태현은 안개 속에 몸을 감추고 마을 주민들의 뒤를 따랐다. 그들은 넓은 공터가 있는 호수 기슭에 제사상을 차리고 있었다. 흔히 볼 수 있는 거대한 상 위로 접시에 담긴 음식들이 대열을 맞춰 자리 잡았다. 노인과 그 딸이 산 배 역시, 윗부분이 둥글게 깎인 채로 놓여 있었다. 수진과 태현은 덤불 뒤로 들어갔다. 주민들의 수는 많지 않았다. 이장을 비롯한 노인들이

대부분이었고, 중년들이 섞여 있었으며, 젊은
청년들은 기껏해야 두세 명 정도로 보였다.
제사상이 완성되자 이장이 앞으로 나섰다.
그는 주머니에서 구겨진 종잇조각을 꺼내어
읽기 시작했다. 수진은 한마디라도 들어보려
애썼지만 그는 너무 멀리 떨어져 있었다. 뿐만
아니라 마을 주민들이 이장을 따라 무언가를
중얼대는 소리가 그들을 방해했다.

"그러니 너희는 두려워하지 말고…….
그분은 자기를 믿는 사람들에게 그분의
자식이 되는 특권을 부여하시며…….
죽음에마저 동행하시니 언젠가 우리가 물
밑에 잠기어 당신과 함께하게 하소서."

이장의 말은 그렇게 끝났다. 주민들은
약속이라도 한 듯 손을 맞잡고 무릎을 꿇었다.
고개를 숙인 그들 사이에서, 이장은 큰 소리로
헛기침을 했다. 그 헛기침이 신호가 되어
중년 남성 몇몇이 들것처럼 생긴 기구에 실린

무언가를 들고 제사상 앞으로 갔다. 수진은
숨을 들이켰다. 목구멍이 꽉 막힌 것처럼
목소리가 나오지 않았다. 기구에는 기다란
무언가가 있었다. 오방색 천이 덮여 있었고 그
위를 붉은 실이 단단하게 동여맨 채였다.

태현이 수진의 팔을 붙잡았다. 그의 다른
손이 수진의 등을 토닥였다. 수진은 그제야
턱을 타고 흐르는 눈물을 느꼈다. 누가
알려주지 않아도, 직접 듣지 않아도 알 것
같았다. 저건 이모였다. 이모는 저기 있었다.

수진은 덜덜 떨리는 손으로 휴대폰을
들었다. 카메라를 찾으려는 손가락을 태현이
다시 한번 붙잡고 속삭였다. 소리가 들리면
눈치챌 거예요. 조금만 더 기다려보죠.
무어라 반박하고 싶었지만 입이 벌어지지
않았다. 수진은 그저 멍하니, 오방색 천이
덮인 무언가가 제사상 앞에 놓이고 이장이
종잇조각을 한 번 더 읽는 동안 멍하니 그

장면을 눈에 담았다. 이 모든 게 현실이 아닌 것 같았다. 안개 속에서 기도문을 외는 이장과, 그 앞에 무릎 꿇은 주민들과, 저 오방색 천이.

마을 사람들은 모두 한 번씩 앞으로 나와 제사상과 오방색 천에 절을 했다. 절이 끝나자 남자들은 수풀에서 작은 나룻배를 하나 꺼내 끌고 왔다. 이장을 비롯한 몇 명이 올라탔고, 오방색 천이 덮인 무언가도 배로 옮겨졌다. 수진이 덜덜 떠는 동안 태현은 차분하게 수진의 팔을 붙들고 등을 두드리고 있었다. 그 손길을 느끼며 수진은 간신히 참았던 숨을 몰아쉬었다.

이장과 남자들은 노를 저어 호수 한가운데로 나아갔다. 그들의 목적지는 호수 중앙의 정자였다. 정자에는 그동안 보지 못했던 작은 상이 있었다. 그들은 오방색 천에 싸인 그것을 상 앞에 놓고 돌아왔다. 그때까지, 마을 주민들은 고개를 숙이고 저마다 기도를 중얼대고 있었다.

이장과 남자들이 돌아오자 주민들이 모여
제사상을 치웠다. 하늘엔 어느새 푸른빛이
가득했다. 그들은 음식을 나눠 들고 왔던
길을 따라 마을로 돌아갔다. 호수에는 수진과
태현만 남았다. 수진과 태현만이.

"……수진 씨, 안 돼요!"

태현이 소리 죽여 외쳤으나 수진은 듣지
않았다. 덤불을 빠져나온 수진은 그들이 두고
간 나룻배에 무작정 올라탔다. 낡은 나룻배는
수진이 올라타자 삐걱거리는 소리를 냈다.
수진은 서툴게 노를 젓기 시작했다.

배는 느리게, 아주 느리게 중앙을 향해
나아갔다. 수진은 이마에 식은땀이 맺히는
것을 느꼈다. 얼마쯤 갔을까, 호수 기슭에서
아직 멀리 벗어나지도 못한 순간이었다. 물은
이제 막 깊어지던 참이었다. 수진은 온 힘을
다해 노를 젓다 말고 잠시 멈추었다. 가벼운

진동이 다가오고 있었다. 바람이 조금도 불지
않는데도, 호수의 표면이 만들어낸 잔물결이
수진을 향해 파도처럼 다가왔다. 수진은
얼굴을 작게 찡그리고 물결이 시작되는 곳을
바라보았다.

저 가까이, 물 밑에, 무언가가 있었다.
거대한 무언가가.

거대하고 컴컴한 무언가가 물 밑에서
느리게 움직이는 것을 본 순간, 그것으로부터
온 무시무시한 떨림을 느낀 순간, 수진은
비명을 질렀다. 수진의 비명과 함께 배가
위태롭게 흔들렸고, 언제 돌아온 건지
이장과 몇몇 남자들이 외치는 소리가 귓가를
파고들었다. 거대한 그림자는 아주 천천히,
느리지만 분명하게 수진의 배로 다가왔다.
배는 다시 한번 크게 흔들렸고 그대로
뒤집어졌다. 수진은 차가운 호수 물이 살갖에
스미는 것을 느끼며 그렇게 물 밑으로, 수면

아래로 가라앉았다.

　　수진아, 마지막으로 물을게. 날 좋아하긴
했어? 너 이렇게 살면 안 돼. 지금도 봐, 네 옆에
누가 남아 있어? 불쌍해. 나니까 해주는 말이야.
새겨들어. 나니까 해주는 말이라고. 넌 같이
있어도 사람을 외롭게 만들어. 항상 그랬어.
　　수진아, 너 이제 그럴 나이 아니잖아. 응?
이제 어른이잖아. 엄마는 할 만큼 했어. 이제 못
하겠어. 내가 낳았지만 정말 모르겠다. 이렇게
오래됐는데도, 아직도 널 모르겠어. 엄마가 뭘
어떻게 하면 될까.
　　수진아. 무슨 낯짝으로 연락한 거야? 네
남자 친구는 어디에 버려두고? 아하, 글쎄.
넌 원래 그런 애잖아. 평생 그렇게 살았잖아.
말도 없고 연락도 없고. 난 네가 무슨 생각으로
사는지 모르겠어. 우리가 친구가 맞긴 하니?
　　마지막으로 수진아, 이모는 죽으면 호수

아래에, 물 밑에 잠겨 어신님과 한 몸이 되고
싶어, 부탁할게. 미안해, 사랑해, 다시 만나.

"수진 씨, 여기까지만 하시죠. 저희도 일 더
커지는 거 껄끄럽고요. 그게 시체라는 보장도
없잖아요. 서어리 사람들이 워낙 특이해요.
마을 풍습이니 뭐니 소문이 많은 건 아는데,
지금까지 한 번도 문제 된 적은 없었어요."

경찰은 커피를 한 모금 빨고는 물
흐르듯 말했다. 수진은 아직도 마르지 않은
머리카락이 얼굴에 달라붙는 것을 느끼며,
담요를 덮은 채로 의자에 앉아 몸을 덜덜
떨었다.

물에 빠져 기절한 수진을 구한 것은
이장을 비롯한 마을 사람들이었다. 수진이
그리 깊지 않은 곳에 빠졌기에 가능한
일이었다. 더 멀리 갔으면 진짜 큰일
났을지도 몰라요, 수진 씨 여기에 없었을지도

모른다고요. 경찰은 그렇게 첨언했다.

"이장님이 기물파손죄니 뭐니 막 갖다 붙이시는 거, 진짜 간신히 진정시켰거든요? 그러니까 이제 그만하자고요, 예? 그만하고 돌아가세요."

젊은 사람이 왜 저래……. 경찰은 그렇게 말끝을 흐리며 몸을 돌렸다. 수진과 더 이상 이야기 나누고 싶지 않다는 뜻을 보여주는 행동이었다.

하지만 그건 분명 이모였는데. 수진은 말을 삼켰다. 물을 먹은 담요가 서서히 무거워지며 수진의 어깨와 등을 짓눌렀다. 이모가 부탁했는데, 이모가 마지막으로 부탁했는데, 나에게. 이모는 부탁할 사람이 나밖에 없었는데. 유골함은 정말로 텅 비어 있었는데. 이모는 거기 없었는데. 물 밑에, 물 밑에 뭔가 있었는데.

수진은 담요를 의자 위에 올려놓고

경찰서 밖으로 나왔다. 경찰서는 서어리에서 조금 떨어진 시내에 있었다. 여전히 물에 젖어 정돈되지 않은 머리카락으로 허공을 뚫어지게 바라보며 서 있는 수진을 사람들이 힐끔거리며 지나쳤다. 수진은 머리카락을 한데 모아 세게 짓눌렀다. 물은 나오지 않았다. 대신 냄새가 났다. 서어호의 냄새. 축축하고 비릿하고 습한 물 내음이 수진의 온몸에서 흘러나오고 있었다. 마치 처음부터 그랬다는 듯이, 수진에게는 이런 냄새가 풍기는 게 맞다는 듯이, 수진은 원래 이렇게 태어났다는 듯이.

그건 분명 이모가 맞았고, 마을 사람들은 무언가를 숨기고 있다. 서어리에선 무슨 일이 벌어지고 있는데 경찰들은 들으려고 하지 않는다. 이모는 아직 서어리에 있다. 그렇다면 수진이 해야 할 일은 하나뿐이었다. 서어리로 돌아간다. 수진은 집으로 돌아가고 싶지

않았다. 아무도 없는 집에 홀로 앉아 이모와의
추억을 떠올리며 질질 울고 싶지도 않았다.
서어리로, 안개가 가득한 마을로 돌아가서
무슨 일이 일어났는지 알아낸다. 이모를
찾아낸다. 수진은 자신의 귓가에 누군가
그렇게 속삭이고 있는 것 같다는 생각이
들었다.

　물에 빠졌지만 반나절 동안 햇빛에 말린
덕분에 휴대폰은 멀쩡했다. 수진은 휴대폰을
들고 최근에 저장한 번호를 찾았다. 수진을
도와줄 사람은 한 명이었다. 내가 물에
빠졌는데도 그냥 내버려뒀죠? 그렇게 묻자
태현은 잠시 침묵하다가 말을 이었다. 들키면
나는 2년을 버리는 셈이었다고요. 그렇게
답하는 목소리가 날카로웠다.

　수진은 고개를 들었다. 강한 햇빛이 얼굴
위로 쏟아지며 눈을 찌푸리게 만들었다.
서어리를 조금만 벗어나도 이렇게 해가

내리쬐는데 서어리에만 들어가면 잿빛 구름과
안개가 몰려오는 건 신기한 일이었다. 어쩌면
그건 당연한 일일지도 몰랐다. 서어리에
있는 무언가가 잿빛 구름과 안개를 불러오는
걸지도 모른다. 수진은 진심으로 그렇게 믿을
수 있을 것 같았다.

　"그건 분명 이모였어요."

　"……."

　"이모가 맞아요. 확인하고 싶어요. 해야 할
일도 있고요."

　"……."

　"마지막으로 한 번만 더 도와주세요.
폐 끼치는 일 없도록 할게요. 태현 씨는
모르는 일이에요. 모든 건 내가 혼자 저지른
일이에요."

　전화기 너머로 태현이 한숨을 쉬었다.
눈앞에 보이는 하늘은 여전히 새파랬다.

보이는 건 오로지 물안개였다. 새벽의
회색 하늘 아래에서 서어호는 안개의 장막에
뒤덮여 조용히 물결치고 있었다. 수진은 그
안에서 부지런히 노를 젓는다. 얼굴을 타고
흐른 땀방울이 뚝뚝 떨어져 나룻배 위에
얼룩을 남겼다. 팔과 어깨가 비명이라도
지르고 싶을 만큼 아파왔다. 그래도 저어야
했다. 동이 트고 아침이 찾아오면 안개가
조금쯤 걷힐 테고, 하루를 시작하는 사람들이
수진을 발견한다면 모든 게 끝나버린다.
수진은 방향을 잃지 않고 정자로 향하려고
애썼다.

왜 이렇게까지 해요? 수풀 근처에 있던
나룻배를 호수 기슭으로 끌면서, 태현은
그렇게 물었다. 왜 이렇게까지 하지? 수진은
스스로에게 되물었다가, 답은 애초에 정해져
있었음을 깨달았다. 내 유일한 친구고
가족이었거든요, 이모는. 끙끙대며 나룻배를

뒤에서 밀다 말고, 수진은 머리카락을 쥐고
코를 박아 냄새를 들이켰다. 물에 젖어
퀴퀴하고 눅진한 향기. 그리고, 수진은 말을
이었다. 나는 이런 냄새가 잘 어울리는 사람
같아요. 배를 호수 기슭에 대는 데 성공한
태현은, 다가와 수진이 내민 머리카락을
킁킁거리더니 고개를 갸웃거렸다. 아무 냄새도
안 나는데요.

저 멀리, 뿌연 안개 뒤로 정자가 모습을
드러낸다. 수진은 물살을 가로질렀다. 좁은
돌섬 위에 지어진 정자는 남색 기와지붕에
여섯 개의 나무 기둥을 가진 평범하기
그지없는 것이었다. 물속으로 이어지는 계단이
있고, 정자를 감싸고 있는 나무 울타리가
보였다.

거기 당신 뭐야, 누구야! 먼 곳에서
누군가가 외쳤다. 이장의 목소리였다. 이른
시간에 나온 것을 보니 수진을 쫓아낸 후로

꾸준히 호숫가를 관찰한 모양이었다. 수진은
뒤돌아보지 않았다. 안개 속에서 섣불리 뒤를
돌았다가 방향 감각을 잃을지도 몰랐다.
그저 앞만 보고 노를 저었다. 이모가, 눈앞에
있었다.

수진은 정자에 배를 대었다. 물에 젖어
축축한 계단은 미끄러웠다. 조심히 계단을
오르고 밧줄을 정자 기둥에 묶었다.

정자에는 작은 병풍과 함께 소박한
제사상이 차려져 있었다. 오방색 천에 덮인
무언가 역시 놓여 있다. 수진은 천천히 그
앞으로 다가갔다. 손발이 덜덜 떨렸다. 습기와
새벽 공기에 저도 모르게 이가 부딪칠 정도로
날이 싸늘했다.

네 면으로 이루어진 병풍에는 온통 물고기
그림뿐이었다. 바위 사이를 자유롭게 노니는
물고기들은 생명력을 가진 것처럼 그림
속에서 살아 숨 쉬었다. 차려진 제사상에는

이장이 꺼냈던 것과 같은 종잇조각이 있었다. 수진은 종이를 집어 들어 글을 읽었다. 짧은 기도문이었다.

또 하나의 육신을 당신께 바치니, 부디 우리를 불쌍히 여기어 죽음을 불사하고 물 밑에서 당신과 함께 영생을 누리게 해주소서.

"당신과 함께 영생을 누리게 해주소서……."

수진은 마지막 문장을 따라 읽으며 오방색 천 앞에 섰다. 천이 만들어낸 굴곡은 누가 보아도 사람이라고 믿을 수밖에 없는 것이었다. 수진과 키가 비슷하고 몸집이 작은 사람. 단단히 묶인 붉은 실을 푸는 데는 오랜 시간이 걸렸다. 마침내 모든 실이 다 떨어져 나가고 오로지 오방색 천만 남았을 때, 수진은 긴장을 떨치지 못하고 심호흡을 했다. 천 윗부분을 붙잡고 아래로 서서히 잡아 내렸다.

그렇게 마주하게 된 익숙한 얼굴에,

수진은 무너지며 울음을 터트렸다.

이모는 눈을 감고 있었다. 마치 아무 일도 일어나지 않았다는 듯 평온한 미소를 희미하게 머금은 채였다. 염을 마친 이모의 시체는 깨끗했고 하얀 수의를 입었다. 수진은 이모의 뺨에 손가락을 가져갔다. 싸늘하고, 차갑고, 새벽안개를 머금어 축축했다. 이모 위로 엎드려 딱딱한 시체를 몸으로 감싸 안았다. 어떻게든 마지막 인사를 건네고 싶었다. 이모의 마지막을 함께하지 못했던 것을 사과하고 싶었다. 이모를 혼자 내버려두었던 시간을 후회한다고 말하고 싶었다. 마침내 돌아왔다고 말하고 싶었다. 자신에게서 서어호의 향이 풍긴다고, 이건 분명 착각이 아니라고 말하고 싶었다.

그 모든 것이 끝나고, 수진은 이모를 물 밑에 잠기게 하기 위해 이모의 시체를 조금씩 계단 쪽으로 밀기 시작했다.

혼자 하기에는 쉽지 않은 작업이었다.
죽은 이모는 무척 무거웠고, 노를 젓느라
힘이 빠진 탓에 수진은 아주 조금씩,
느리게 움직였다. 먼 곳에서 수진을 향해
무어라 외치는 소리는 여전했다. 다른 배를
가져오라며 누군가에게 명령하는 이장의
목소리가 들린 것도 같았다.

한참을 그렇게 민 끝에 이모의 머리는
마침내 계단을 타고 내려가 물에 닿았다.
수진은 마지막으로 온 힘을 다해 이모의 발을
밀었다. 물 밑에 잠기고 싶다는 이모의 염원은
이제 코앞까지 다가와 있었다. 쿵 소리와 함께
이모의 시체가 계단을 타고 아래로 떨어졌다.
그대로 계단으로 미끄러질 뻔한 수진은
간신히 난간을 붙잡아 멈출 수 있었다. 이모의
시체는 그렇게 물 밑으로, 이모가 원했던
대로 가라앉았다. 그 모습을 가만히 바라보던
수진은 그제야 뒤를 돌며 진작에 물어야

했던 질문을 떠올렸다. 이장과 마을 사람들은 이모의 시체를 어떻게 처리할 셈이었을까? 썩어 없어질 때까지 정자에 두기라도 하는 걸까?

질문을 떠올리자마자, 끔찍한 괴성이 들려왔다. 그건 저 멀리 호수 기슭에서 들리는 것도, 하늘에서 울리는 것도, 수진이 낸 것도 아니었다. 소리는 물 밑에서 들려오고 있었다.

도저히 설명할 수 없는 비명이었다. 수진은 귀를 틀어막은 채로 정자에 웅크렸다. 비명은 이루 말할 수 없을 만큼 끔찍하고 기괴했다. 마치 한 사람의 비명이 아니라, 여러 사람의, 수십 명의, 어쩌면 수백 명의 비명을 모아다 하나로 뭉친 것 같았다. 동시에 진동이 찾아왔다. 겪어본 적이 있는 진동이다. 수진은 정자 기둥을 붙잡고 눈을 질끈 감으며 진동이 잦아들길 기다렸다.

진동과 비명이 서서히 멈추고, 수진이

간신히 눈을 떴을 때 보인 건 커다란 발이었다. 발가락 끝이 동그랗고 그 사이사이에 물갈퀴가 길게 늘어져 있는, 거대한 발.

수진은 입을 벌리고 '그'를 마주했다.

물에 젖은 그의 검은 몸은 새벽하늘 아래에서 매끈하게 빛났다. 몸집은 아주 거대했고, 앞발만 해도 정자 울타리 한 면을 다 덮을 만큼 컸다. 무엇보다 강렬한 건 그의 몸에 박힌 수많은 얼굴들이었다. 얇고 검푸른 비늘 사이사이로 빼곡하게 박혀 있는 얼굴들. 창백하게 질린 얼굴들은 모두 푸른 입술을 하고 있었다. 어떤 이는 눈을 감고 있었고, 어떤 이는 입을 벌린 채 희미한 비명을 지르고 있었으며, 어떤 이는 하얀 눈을 뜨고 무언가를 보려고 애쓰며 중얼대고 있었다. 그가 천천히 숨을 들이쉬고 내쉴 때마다 갈라진 아가미가 펄럭였는데 그 틈 사이로 사람의 하얀 손가락이 언뜻 보이는 듯했다.

믿기지 않는 광경에 수진은 잠시 현실을
직시하지 못하고 그저 추위에 몸을 떨었다.
멀리 보이는 호수 기슭에는 이장을 비롯한
마을 사람들이 호수를 향해 엎드려 절을 한
채였다. 수진은 깨닫는다. 이모가 그토록
사랑하고 아끼던, 마을 사람들이 그토록
경배하던, 그 어신이 바로 수진의 눈앞에
있었다. 그는 진짜였다. 그는 정말로 여기
있었다.

검은 몸체에 콕콕 박혀 있는 창백한
얼굴들. 그의 툭 튀어나온 눈은 유리처럼
매끈했고 붉게 충혈되어 수진을 보고 있었다.
수진은 차마 시선을 돌리지 못했다. 이렇게
말하고 있는 것 같았다. 나를 두려워 말라.
수진은 그가 두렵지 않았다. 몸에서는 물이
뚝뚝 흘러내렸고 퀴퀴한 물비린내가 확
풍겨왔다. 수진의 몸에서 흘러나왔던 것처럼.

수진은 그 냄새가 좋았다. 그 냄새에는 힘이 있었다. 마음을 안정시키는 든든한 힘이. 수진은 그제야 깨닫는다. 이 모든 냄새를 가지고 태어난 건 그였고, 안개를 통해 냄새를 더 멀리 보내는 것도 그였으며, 수진에게 안도감을 준 것도 그였다.

그가 거대한 입을 쩍 벌렸다. 크게 벌어진 입 안은 수진이 걸어 들어갈 수 있을 만큼 넓었다. 수진은 조심스레 계단을 한 칸 한 칸 딛고 정자를 내려갔다. 그에게 가까이 다가간 수진은 그제야, 그의 입가에 박혀 있는 할아버지와 할머니의 얼굴을 발견했다. 물기를 머금은 백색의 머리카락이 얼굴에 달라붙은 채로 그들은 눈을 감고 깊이 잠들어 있었다.

그의 몸체에 박혀 있던 것처럼, 그의 입 안을 빼곡하게 채운 모든 이빨들 역시 사람의 얼굴이었다. 수진은 천천히 그의 이빨을 넘어 혀 위에 발을 올렸다. 그의 혀는 예상과

다르게 단단했고 매우 두꺼웠으며 물에 젖어
미끌거렸다. 수진은 가까스로 중심을 잡고 그
위를 조심스레 걸었다. 혀에 올라선 수진은
자신이 무엇을 해야 할지 알았다. 그렇게 잠시
돌아다닌 끝에, 한구석에 있는 이모의 얼굴을
발견했다.

　이모는 아직 얼굴이 그렇게까지 창백하지
않았고, 입술이 푸르지도 않았다. 흰 피부에는
마치 살아 있는 것처럼 희미하게 생기가
돌았다. 수진은 가까이 다가가 무릎을
꿇었다. 손을 들어 이모의 뺨을 감쌌다.
축축한 온기, 손가락 끝에 전해지는 감각을
그렇게 묘사하고 싶었다. 이모의 눈꺼풀이
파르르 떨리더니, 곧 검은 눈동자가 수진을
바라보았다.

　"수진아."

　어신의 입천장에서는 물이 쉴 새 없이
떨어졌다. 습기로 가득 찬 거대한 동굴 안에

들어와 있는 것 같았다. 비린내가 물씬 풍기는 물방울들은 수진의 얼굴 위로도 떨어졌고, 눈물에 섞여 볼을 타고 흘렀다. 물이, 빗물처럼 쏟아지는 물이 자꾸만 앞을 가려 이모를 보지 못하게 만들었다. 수진은 얼굴을 문질러 닦으며 고개를 끄덕였다. 응, 이모. 나 여기 있어. 이모는 수진을 보고 희미하게 웃었다. 그 미소가 너무 오랜만이어서, 웃을 때 두 눈이 생긋 휘어지는 건 너무 그대로라서 수진은 또 울음을 뱉고 말았다. 이모는 아직 푸른 기가 돌지 않는 입술을 움직여 말했다.

"올 줄 알았어. 이모는 믿고 있었어."

"왜 죽었어?"

"삶이 고통스러웠어. 조금이라도 더 빨리 어신님과 함께 있고 싶었어. 미안해, 너무 빨리 가버려서 미안해."

"왜 내가 해야 했어?"

여전히 이모의 뺨을 감싼 채로, 수진은

그렇게 물었다. 왜 나에게 이 일을 맡겼어,
왜 내가 이모의 시체를 보게 만들었어, 왜
여기까지 오게 만들었어. 그 모든 질문들이
함축된 문장이었고 이모는 기다렸다는 듯
입을 벌리며 환하게 웃었다.

"어신님께 너를, 너에게 어신님을 보여주고
싶었어. 그래서 네가 직접 해야 했어."

너는 나를 닮았으니까. 이모는 그렇게
답했다. 휘어진 두 눈에서 어떤 단단한
믿음과 걷어낼 수 없는 기쁨과 슬픔이 동시에
배어 나왔다. 수진은 잠시 아무 말도 하지
못하고, 가만히 고개를 들어 어신의 입 안을
둘러보았다. 옅은 살굿빛을 띠는 입천장 뒤로
까만 목구멍이 보였다. 수진은 고개를 숙여
어신의 잇몸 사이에 단단히 박힌 이모의
얼굴과 그 옆으로 늘어선 죽은 이들의 얼굴을
살핀다. 눈물은 더 이상 흐르지 않았다. 수진의
눈물을 대신하듯 어신의 입천장 곳곳에서는

물이 줄줄 흘러내리고 있다. 그 아래엔 모든 이가 편안하게 눈을 감고, 때로는 비명을 지르고, 때로는 하얀 눈을 드러내며 기나긴 휴식을 취한다. 그 광경은 경이로운 동시에 지나치게 비현실적이었고, 또 수진을 향해 말하고 있었다. 위대한 신 앞에서 수진의 존재는 그저 미물에 불과하며 수진의 고통과 외로움은 모두 그의 안에서 편안해질 거라고. 네가 품은 슬픔은 이 거대한 거룩함 앞에서는 아무것도 아니라고.

"혼자 내버려둬서 미안해. 근데 수진아, 이모는 네가 꼭 알아줬으면 해."

"대체 뭘?"

"사실 넌 혼자가 아니라는 걸."

수진은 잠깐 숨을 참는다. 수진은 혼자였다. 엄마는 오래전에 수진을 버렸고 남자 친구는 수진을 떠났으며 친구들은 수진을 찾지 않고 지인들은 수진을 동정한다.

수진은 철저하게 혼자였다. 아무도 궁금해하지 않는, 언젠가 홀로 쓸쓸한 죽음을 맞이하게 될 외톨이였다. 그리고 수진은 혼자가 아니었다. 수진은 이모가 어떤 말을 하려고 하는지 이해할 수 있었다.

다시 만나자, 여기서 기다릴게. 이모는 마지막으로 그렇게 뱉고는 눈을 감았다. 감긴 눈은 다시 열리지 않았다. 이모, 이모. 수진이 연신 불러도, 강제로 눈꺼풀을 잡아 벌려도 보이는 건 다른 사람들의 얼굴처럼 하얗게 변해버린 눈알뿐이었다.

그 순간, 또다시 강한 진동이 느껴졌다. 어신이 그대로 천천히 입을 닫았다. 순식간에 주변이 어둠에 잠겼다. 수진은 이모의 얼굴을 껴안은 채로 눈을 감았다. 곧 아무것도 느낄 수 없게 되었다.

정신을 차렸을 때 수진은 호수 기슭에

누워 있었다. 온몸이 물에 젖어 무거웠다.
괜찮아요? 묻는 태현의 얼굴은 어쩐지 다른
곳에 정신이 팔린 듯 멍했다. 수진은 몸을
일으켰다. 이장을 비롯한 마을 사람들은
여전히 호수 중앙을 향해 절을 하고 있었다.
희미하게 모습을 드러낸 해 주변으로
붉은빛이 차올랐다. 호수는 아무 일도
없었다는 듯 잠잠했다. 그 광경을 바라보던
태현이 황홀한 듯 중얼거렸다.

"드디어 어신님을 뵈었어요."

단정하던 그의 얼굴은 환희와 희미한
광기로 빛났다. 그는 마을 사람들을 따라 호수
기슭에 몸을 엎드리고 절을 했다. 중얼대며
기도를 올리는 그를 바라보며 수진은
본능적으로 물었다.

"일부러 나를 도와준 거죠?"

"……."

"목적이 있었던 거죠, 그렇죠?"

"......어신님께서 모습을 드러내는 행사는 성인식 말고도 또 있어요. 장례 제사 때죠. 제사를 치르고 시체를 물속에 집어넣으면, 모습을 드러내서 방금 물속에 밀어 넣은 시체가 당신과 한 몸이 되었음을 보여주셔요."

태현은 수진을 바라보며 기묘하게 웃었다. 그의 미소는 어떻게 보면 어린 소년의 것처럼 순진한 구석이 있었다.

"시체를 물속으로 밀어 넣는 일은 이장님 혼자 도맡아 하고, 그때는 모든 외지인을 마을 밖으로 내보내요. 나는 이번에도 어신님을 뵙지 못했을 거예요. 수진 씨가 아니었더라면."

태현은 여전히 황홀한 기색으로 입을 길게 찢으며 웃었다. 고마워요, 어신님을 드디어 만났어요. 나도 그분을 뵀어요. 정말 고마워요. 수진은 더 이상 묻지 않았다. 그는 여전히 조금 전의 기억에 푹 빠진 얼굴로 호수를 바라보고 있을 뿐이었다. 수진 씨, 어느새 가까이 다가온 이장이 말을 건넸다. 그는 과도 크기의 작은 칼을 쥐고 있었다.

"어신님께서 당신을 서어리의 일원으로 받아들이셨습니다. 그분이 입 안을 허락한 사람은 지금까지 당신밖에 없어요. 선택할 수 있는 기회를 드리겠습니다. 마을의 일원이 되어 평생 어신님을 모시거나, 모든 걸 잊겠다 약속하고 밖으로 돌아가거나."

이장의 뒤에 선 마을 사람들은 모두 손을 맞잡아 모으고 수진을 향해 고개를 숙인 모양새였다. 수진은 이장이 건넨 칼을 받아들였다. 숨을 크게 들이쉰다. 수진에게선 냄새가 났다. 안개가 자욱한 서어호의 냄새. 그분의 냄새. 사람을 진정시키고 안도감을 선사하는, 내가 너의 곁에 있다고 이야기하는 냄새.

수진은 호숫가에서 눈을 돌려 다시 이장을 바라보았다. 뭘 어떻게 하면 되나요? 설명하지

않아도 이장은 한 번에 알아들은 듯, 고개를
한 번 숙이고 호수를 향해 손짓했다. 피 몇
방울이면 충분합니다. 성인식 때 하는 절차와
똑같지요.

호수로 다가간 수진은 천천히 손바닥을
그었다. 살이 찢기며 붉은 상처가 길게
남는다. 수진은 손을 그대로 호수에
담갔다. 상처에서 흐른 피가 물속에서 마치
아지랑이처럼 아름답게 피어오른다. 수진은
앳된 얼굴을 하고 있을 이모를 상상해본다.
이모도 틀림없이 여기서 수진처럼 이렇게
자신의 피를 어신님께 바쳤으리라. 평생
어신님을 믿고 따르겠다고, 그러니 죽음까지
동행해달라고 빌었으리라.

수진은 몸을 일으키고 호수에 담갔던 손을
탈탈 털었다. 마치 누군가 마법이라도 부린
것처럼 안개의 장막이 잠시 사라지고 저 멀리
어디선가 검은 그림자가 물 밑에서 힘차게

움직이고 있었다.

　다음 날 이장과 태현을 비롯한 마을
사람들은 버스 정류장까지 나와 수진을
배웅했다. 수진은 갑자기 늘어난 짐에
몸을 제대로 가누지 못하고 환하게 웃었다.
마을 사람들이 나서서 싸준 김치며 각종
반찬거리가 수진의 양손에 가득했다.
명절이라도 맞이한 듯, 보자기에 싼 음식들은
차곡차곡 쌓여 바닥에 놓였다. 다가온
태현이 수진에게 무언가를 내밀었다. 작은
나무 조각이었다. 어신을 닮은 나무 조각,
이모의 손때가 군데군데 묻어 거뭇한 나무
조각. 태현은 나무 조각을 수진의 주머니에
넣어주었다.

　"돌아올 날을 기다리고 있을게요."

　수진은 마지막으로 모두에게 고개를
숙이고 인사를 건넸다. 그들은 하나같이 얼굴

가득 미소를 띠고 수진에게 손을 흔들었다.
어떤 단단한 믿음과 기쁨을 공유하는 이들의
미소였다. 수진은 버스에 올라탔다. 주머니를
뒤져 나무 조각을 꺼내 쥐었다. 창밖으로
익숙한 풍경이 스쳐 지나간다.

수진은 평온했다. 평온했으나 더 이상
막막하지 않았다. 수진에겐 가족들이
존재했고, 고향이, 돌아갈 곳이 존재했다.
수진의 삶을 보살피고 죽음마저 함께하시는
그분이 곁에 있었다. 수진이 어떤 끝을
맞이하든, 그분은 기꺼이 수진을 삼키고
수진이 영생을 누리도록 도와주실 것이다.
수진은 그렇게 이모를 다시 만날 것이다.
이모와 함께 끝없이 호수 아래를 유영할
것이다.

수진은 나무 조각에 살짝 입을 맞추고
두 손을 모은다. 이장에게 배운 기도문을
머릿속으로 떠올리며, 서툴게 기도를

올려보았다. 기도는 이모가 하던 것과 같은 말로 끝이 났다. 언젠가 제가 물 밑에 잠기어 당신과 함께하게 하소서.

작가의 말

새로운 세상을 창조하고 그에 대한 이야기를 쓸 때마다, 그 순간만큼은 내가 그 세상에 들어가 있는 것 같은 기분을 느낀다. 《물 밑에 계시리라》를 쓰는 내내 서어호의 내음이 밀려들어와 즐거웠고, 한편으로는 슬펐다. 고요한 서어호와 서어호를 닮은 사람들을 떠올리면 마음 한구석이 이상하게 울렁거린다.

무언가를 믿는 마음에 대한 글을 쓰고 싶었다. 《물 밑에 계시리라》는 그런

생각에서 출발했다. 무언가를, 누군가를
믿지 않고는 도저히 살아갈 수 없을 때가
있다. 텅 빈 마음을 어찌해야 할지 모를 때가
있다. 믿음으로 하루하루를 버티는 나에게,
누군가에게 이 글이 잠깐이라도 닿을 수
있다면 좋겠다. 《물 밑에 계시리라》를 쓸 수
있도록 도와주신 편집자 선희 님과 은정 님,
글을 제일 먼저 읽고 감상을 나눠준 친구들,
마지막으로 수진의 이야기에 함께해주신
독자분들께 감사한 마음을 전한다.

2023년 3월

배예람

- 09

물 밑에 계시리라

초판 1쇄 인쇄 2023년 3월 24일
초판 1쇄 발행 2023년 4월 12일

지은이 배예람
펴낸이 이승현

출판2 본부장 박태근
스토리 독자 팀장 김소연
편집 강소영 곽선희 김해지 이은정 조은혜
디자인 이세호

펴낸곳 ㈜위즈덤하우스 **출판등록** 2000년 5월 23일 제13-1071호
주소 서울특별시 마포구 양화로 19 합정오피스빌딩 17층
전화 02) 2179-5600 **홈페이지** www.wisdomhouse.co.kr

ⓒ 배예람, 2023

ISBN 979-11-6812-709-8 04810
979-11-6812-700-5 (세트)

값 13,000원